AF224674

RÉPONSE

A

L'OPUSCULE

DE

M. BERTRAND

DE LA FERRIÈRE

ANGERS

Imprimerie A. DEDOUVRES, rue du Cornet, 34

RÉPONSE

A

L'OPUSCULE

DE

M. BERTRAND

DE LA FERRIÈRE

ANGERS

Imprimerie A. DEDOUVRES, rue du Cornet, 34

RÉPONSE

A

L'OPUSCULE

DE

M. BERTRAND

DE LA FERRIÈRE

MONSIEUR,

J'ai l'honneur de posséder une petite brochure, signée de votre nom. Dans votre avis, vous dites que vous vous attendez à une avalanche de censure et de dédain. Détrompez-vous, Monsieur, votre opuscule ne prête qu'à rire, le style nous y force, nous autres républicains, nous autres libérassiers et hâbleurs, comme vous nous qualifiez. Arrivons au chapitre 1er.

Vous cherchez à mettre une animosité

entre le citadin et le cultivateur ; belle charité chrétienne.

Vous parlez du Palais-Bourbon et de celui qui l'habite, qui se nomme Gambetta. Je savais qu'il était fils d'un épicier, ce qui n'est pas un déshonneur. Mais ce que je ne savais pas, c'est que vous soyez aussi fort en latin et que vous sachiez, comme les orateurs qui portent la robe, et qui ont pour habitude de mettre le français au latin et de dire : *Deus quorum venter est.*

Je crois, Monsieur, que vous devez avoir un collaborateur tonsuré. Si M. Constant s'est incliné devant le Saint des saints, c'est par respect pour les convictions. Vous dites que vous avez brandi votre épée : je vous crois brave, je crois que vous la brandiriez encore, mais elle n'est pas à craindre ; l'armée pontificale a été facile à mettre en déroute.

Je passerai sur les accusations de crocheteurs, je passerai sur vos observations que je pourrais réfuter, mais je ne peux pas faire, comme vous et consorts, un opuscule. Je viendrai vous dire que si nous sommes des républicains, nous ne sommes pas des communards.

Je vous dirai que je réfute que l'on ait mis dans le tombereau des immondices les statues du Christ et de la Vierge, *sa mère.*

Vous parlez des juges. Je les crois intègres, mais ils ne sont pas infaillibles comme le pape (*sic*); ils se trompent, nous en avons eu des preuves.

Les gens des villes ne sont pas des déclassés et des ramolis, ils n'ont pas plus que vous les emplois de *Farniente.*

Voulez-vous prêcher la guerre civile en parlant de l'armée vendéenne?

Dans un autre passage, vous dites que les gens les plus à redouter, ce sont les

habitués des auberges et des cafés.
Pourquoi méprisez-vous ces gens-là?
Vous comme moi nous les fréquentons;
pour moi je ne puis les mépriser, puisque
je les vois même trop souvent : et vous,
Monsieur?

Vous parlez des savants : vous parlez
des médecins.

Trouvez-moi dans les porte-rabats des
gens plus désintéressés que dans ces
honorables.

Vous parlez des avocats : vous les
qualifiez, pour la plupart, d'avocassiers.

Le mot est mal placé; tous ces
hommes pourraient répondre à ceux dont
vous vous portez le défenseur : « il n'y a
pas de capable que celui duquel vous
tenez votre position, qui aurait été très
précaire sans lui. »

Nous ne baiserons jamais les mains de
votre roi boiteux, ni ne voulons baiser
la mule du pape. — Depuis longtemps

j'entends parler de mule du pape. Serait-ce une descendante de l'âne qui portait Jésus le jour des Rameaux ? Si c'est cela, je ne puis m'abaisser à baiser un animal, et encore par quel bout.

Vous parlez de M. Freppel : il remplace dignement le fougueux évêque d'Orléans — moins l'éloquence.

Pauvre Gambetta ! change un peu de conduite, oublies tes orgies du quartier Latin, dites-vous ! Et bien, Monsieur, sommes-nous tous impeccables quand on est jeune ; ne pourriez-vous aussi examiner votre jeunesse, qui sans doute, comme la mienne n'est pas exempte de quelques folies : heureux encore quand on n'a rien à se reprocher dans l'âge mûr !

Vous dites que vous avez vingt millions de campagnards, détrompez-vous, Monsieur, vous n'en auriez pas même vingt mille qui prendraient les armes comme vos ancêtres du Bocage.

Vous dites que vous avez visité le château de Clisson, chez M. de la Roche-jacquelein.

Je croyais que le château de Clisson appartenait à un riche républicain de Nantes, et que le parc n'était pas entretenu. Je n'y ai vu que ruines, je n'y ai vu que les oubliettes où le brave seigneur faisait passer de vie à trépas les gens qui osaient soutenir leurs droits.

Je n'y ai vu, dans la salle des tortures, que des chevalets et des roues, je n'y ai vu que les instruments de la Sainte-Inquisition ! Vous avez oublié de nous dire tout cela dans votre opuscule.

Le roi, dites-vous, a un état-major de vingt millions de campagnards et qu'alors il n'a qu'à oser, et que bientôt nous entendrons les glas de la République. Détrompez-vous, vous n'avez pas, je vous l'assure, dans la campagne, beaucoup de défenseurs du trône et de l'autel, non Monsieur.

Le campagnard n'accepte pas vos adulations, il sait ce qu'elles valent.

Il ne veut plus être serf, il ne veut plus de la dîme, ni ne veut passer les nuits à battre l'eau pour empêcher le croassements des grenouilles qui troublait leur seigneur et maître dans leur sommeil. Il ne veut plus enfin que son aimable seigneur ait le droit de cuissage ; il veut, s'il prend femme, en avoir la primeur et non son maître.

Il craint les droits féodaux.

Revenons à l'origine de la noblesse que vous flattez tant ; elle a peut-être une certaine valeur, il faut être juste.

Nous avons la noblesse de l'épée, qui remonte aux Croisades. Nous avons la noblesse de la Saint-Barthélemy, dont les héros ont été ennoblis pour la destruction des Huguenots et auxquels on a donné leurs biens.

Nous avons ceux de la Dragonnade qui ont agi de même.

Nous avons les bâtards des rois et des princes, fruits des orgies de ces honorables.

N'auriez-vous pas aussi de la noblesse comme en a fait le neveu de votre roi, qui, en Espagne, ennoblissait ces détrousseurs de diligences.

Je n'en dirai pas plus ; vous avez soulevé une question brûlante en accusant la bourgeoisie de tous les faits que les vôtres ont commis et les qualifiant d'incapables d'être nos gouvernants.

DERNIER AVIS

AUX BRAVES GENS DE LA CAMPAGNE

La noblesse et le clergé vous font de belles promesses qui seront remplies comme on l'a fait à vos ancêtres de 1831, lors de la Chouannerie dans notre pays. Rappelez-vous en.

Je vous citerai un fait historique, c'est le capitaine de Eancé, ce brave défenseur du trône et de l'autel, qui le jour d'un combat qui devait avoir lieu dans la forêt avec les Bleus, réunissant sa compagnie dit à ses soldats :

« Nous allons nous battre, criez tous ensemble : vive le capitaine de Eancé, le protecteur de la paroisse et le défen-seur de la religion. — Mettez-vous à genoux, les gars, et disons cinq *Pater* et cinq *Ave Maria*. »

Après leur prière il leur dit :

« Les Bleus ne tirent qu'un coup et ils nous tuent ; tirez un coup, deux coups, trois coups, et tuez-moi ces canailles. »

Après la guerre civile terminée, la plupart de la noblesse du pays, désirant donner une récompense à ce capitaine héros de la Chouannerie, s'est réunie pour lui décerner une médaille ; les uns voulaient lui en donner une d'or, les autres une d'argent. Mais survient un de ces Messieurs qui dit qu'une masse de 1 fr. 25 était suffisante, avec laquelle ce brave capitaine a été casser de la pierre sur les routes.

Fait à Segré, le 15 août 1881.

BOURGNEUF

Négociant en chiffons

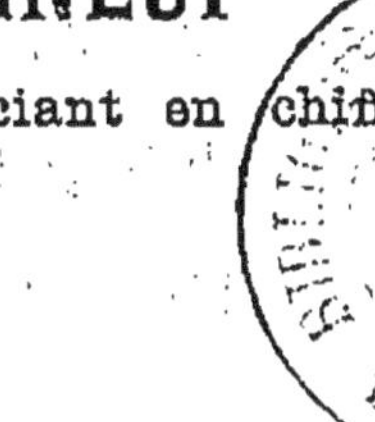